Alerte rouge !

Loi n° 49956 du 16 juillet 1949 sur les publications destinées à la jeunesse
ISBN 978-2-09-202304-4
N° éditeur : 10163248 – Dépôt légal : mars 2010
Imprimé en France - L52710B

Alerte rouge !

Texte de Christophe Nicolas
Illustré par Benoît Perroud

Nathan

Mon nom est Buz 455.
Mais mes copines m'appellent Buz.
Je suis ouvrière en ruche.
C'est un beau métier,
et j'aime bien mon travail.

Mais ce matin, le chef de ruche,
Baz-Baz, vient me voir et me dit :

Je demande :
– Une alvéole à construire ?
La ruche à surveiller ?

– Non, Buz 455 ! Je vous confie Bi pour lui apprendre le métier. C'est ma nièce adorée. Alors, attention !

Derrière le chef, j'aperçois une petite abeille de rien du tout.

Mais une bonne abeille est une abeille obéissante, donc j'obéis. Et le chef s'en va.

La petite Bi me regarde et me dit :
– Tonton Baz-Baz m'a tout expliqué, je sais déjà tout ! Viens !

Bi fend les airs et cabriole.

Je crie :

Mais Bi ne m'écoute pas.
Elle écoute avec attention quelque chose qui bourdonne très fort.
Elle demande :

Je ne suis pas rassurée.
Je sais ce qu'ils veulent : nous assommer pour nous dévorer !
Je chuchote :
– Bi, suis-moi tout doucement.
Au lieu de me suivre, Bi se met à imiter les frelons.

Ils avancent
vers nous l'air menaçant.
Tout à coup, j'aperçois derrière eux
un joli plumage noir…

C’est une pie qui veut tous nous croquer. Je profite de la panique. Vite, je prends Bi sous mon aile et je lui crie dans les antennes :

Et comme c'est moi
la maîtresse,
Bi me demande :

AAAAAAAH ! Un joueur de tennis !
Je fonce et j'attrape Bi pour l'envoyer au sol. Ouf, le danger est passé juste au-dessus de nos têtes.

Soudain, elle m'interrompt et demande :

Une énorme chaussure va nous écraser.

Je pousse Bi le plus loin possible. La chaussure retombe juste à côté de nous. Je tremble de toutes mes ailes. Quelle frayeur ! Mais c'est une bonne leçon pour Bi, car maintenant, elle sait qu'une bonne abeille doit éviter :

Je demande à Bi de voler derrière moi
et de faire tout comme moi.

J'aperçois mon champ préféré. C'est une merveille ! Fleurs sauvages, aubépines, boutons-d'or, trèfles, un paradis pour abeilles butineuses ! C'est là que je veux emmener Bi. Mais elle tourne comme une toupie.

Elle me montre ma prairie

et dit :

Et, sans m'attendre, elle traverse.
À un mètre au-dessus de la route, alors qu'il faut voler à trois mètres MINIMUM !
Toutes les abeilles savent ça !
Alors, je me précipite.

Mais le souffle d'une auto me fait
reculer. Je bats des ailes aussi vite
que possible. Tout à coup, je ne suis
plus si sûre d'aimer mon métier.

De l’autre côté, j’explique à Bi :
– Il y a des automobiles qui passent ici !
Sais-tu ce qu’est une auto ?

Bi demande :

– Les autos ont de grandes bouches qui vous écrabouillent. Ensuite, vous restez collées dessus pendant des semaines, à côté de moustiques et de moucherons bêtas.

Mais Bi ne m'écoute toujours pas.
Elle est déjà dans le pollen. Elle en met partout. Une vieille abeille ronchonne :

Alors j'explique à Bi :
– Pour bien butiner, il faut remplir ses réservoirs proprement, prendre la bonne quantité de pollen.

Bi est toute contente. Elle virevolte d'une fleur à l'autre. Et d'un coup, hop! elle se jette dans un drôle de nuage... Oh, non! C'est de l'insecticide! Je plonge à mon tour pour la sortir de là.

Bi est tout étourdie, mais ravie.
Elle crie comme une folle :

Grâce à notre alerte, toute la ruche se met à l'abri. Le chef Baz-Baz admire Bi et la félicite pour sa bonne tenue d'ailes et ses réservoirs bien remplis. Il est fier de sa nièce !

Puis il se tourne vers mes réservoirs vides et mes ailes cabossées.
Et il me dit :
– Il faut vite reprendre des forces, Buz, car j'ai d'autres nièces adorées !

Le texte à lire dans les bulles est conçu
pour l'apprenti lecteur.
Il respecte les apprentissages du programme de CP :
le niveau TRÈS FACILE correspond
aux acquis de septembre à décembre,
et le niveau FACILE à ceux de janvier à juin.

Cette histoire a été testée à deux voix
par Francine Euli, institutrice, et des enfants de CP.

Découvre d'autres histoires dans la collection

nathanpoche premières lectures

LECTURE FACILE

T'es trop moche, Jim Caboche !

de Guy Jimenes, illustré par Benjamin Chaud

Arno a très envie de **jouer** au pirate avec son **papa**. Mais celui-ci est trop occupé à réparer la voiture. Pauvre Arno ! Comment faire pour obliger son père à se battre comme tout **pirate** qui se respecte ? Il n'y a plus qu'une solution : le provoquer en duel !

Que la vie est belle !

de René Gouichoux, illustré par Mylène Rigaudie

Kouma la girafe se trouve trop **grande**. Son ami, Toriki le lièvre, lui, se dit trop **petit**. Ils décident tous deux d'aller trouver Marabout, l'oiseau-sorcier qui réalise les **souhaits**. Mais attention, la savane réserve bien des surprises…. de **taille** !

La tour Eiffel a des ailes !

de Mymi Doinet, illustré par Aurélien Débat

Aujourd'hui, la tour Eiffel a des fourmis non pas dans les jambes mais dans les **piliers** : la **dame de fer** a envie de bouger ! Et si elle prenait des petites vacances, loin de **Paris** ? Voici une **touriste** peu ordinaire !

Je suis Puma Féroce !

de Laurence Gillot, illustré par Rémi Saillard

Au supermarché, Loulou se transforme en **sioux** : désormais, il faut l'appeler **Petit Ours** ! Pendant que sa mère, Fleur de Lotus, continue les courses, le petit Indien va vivre de grandes **aventures**…

Sauve qui pou !

de Mymi Doinet, illustré par Gaëtan Dorémus

Pablito, le petit **pou**, est ravi : il a trouvé une **tête** où faire son nid ! Il glisse sur les nattes de Sara comme sur des toboggans. Mais la fillette n'est pas d'accord. Elle en a assez de se **grattouiller** la tête. Gare à toi petit pou, la chasse est ouverte !

J'aime pas les côtelettes !

de Mymi Doinet, illustré par Fabrice Turrier

Monsieur et madame Croktoucru sont fiers de leur bébé ogre ! Mais très vite, c'est la catastrophe pour les parents croqueurs de chair fraîche : Oscar n'aime ni la bouillie de viande hachée, ni les côtelettes ; il préfère la compote et les carottes ! Quelle est donc cette terrible maladie ?